BAGATELLES

FUGITIVES.

Zara du Phonjas

par Cara Du
Phonjas

ODES,
CHANTS LYRIQUES,
ET AUTRES
BAGATELLES FUGITIVES,

*Les unes déja antérieurement imprimées,
& les autres imprimées ici pour
la premiere fois.*

PAR L'AUTEUR DE LA T. D. E. S.

. . . . . . *Et dulci Seria ludo
Temperet interdum !*

A BRUXEL....
Et fe vendent A PARIS, Rue *Dauphine*,

Chez CHARLES-ANTOINE JOMBERT, Pere,
Libraire du Roi pour l'Artillerie & le Génie.

M. DCC. LXXIV.

AVERTISSEMENT.

Parmi ces *Bagatelles Fugitives*, il y en a quelques-unes dont l'objet semble exiger quelques éclaircissemens préliminaires, qui dispenseront de répandre dans les Piéces elles-mêmes, des *Notes incidentes*, toujours fastidieuses, lors même qu'elles y sont nécessaires.

I°. L'Ode sur *la Conquête de Port-Mahon*, a pour objet l'Action peut-être la plus hardie & la plus heureuse, par où se soit signalée la Valeur Françoise, sous le long regne du Roi défunt, Louis le Bien-Aimé : elle a par-là même pour objet, une action héroïque, un événement célébre, digne d'être pour les brillantes & énergiques images de la Poésie, un *sujet de tous les tems*. Il suffira de rappeller ici au Lecteur, relativement à cette Conquête, que, du côté des François, M. le

A iij

Duc de Richelieu commandoit l'Armée de terre ; & M. de la Galiffonnière, l'Armée de mer : que, du côté des Anglois, la Flotte étoit commandée par le fameux Amiral Bink, décapité en Angleterre peu de tems après fon combat naval : que l'Ifle & la Citadelle de Port-Mahon avoient pour Gouverneur, M. Blankneis ; & pour Commandant des Troupes, M. Guerwi. Un vigoureux Grenadier François, prit, enleva & emporta celui-ci entre fes bras, dit-on, dès le commencement de l'affaut, vers la pointe du jour.

IIᵒ. L'Ode fur la *Victoire de Berghen*, fut primitivement un Chant lyrique, auquel on appliqua plufieurs airs connus, entr'autres celui-ci : *L'Amant frivole & volage.*

IIIᵒ. Le *Génethliaque* de Monfeigneur le Duc de Berry, fut imprimé & préfenté à Monfeigneur le Dauphin, Pere du Roi aujourd'hui regnant, fur la fin du mois d'Août de l'année 1754. On y a ajouté ici la douziéme ftrophe.

IV°. La *Fête de l'Abbaye de Mont-martre*, exige auſſi un éclairciſſe-ment. L'Auteur de ces Piéces en chant, fut prié par deux Dames de cette Abbaye, Meſdames de Sainte T** & de Sainte T***, d'être dans cette Fête, l'interprête des Sen-timens de leur Maiſon ; ſentimens dont elles lui donnerent une idée générale, & qu'il auroit pu aiſément deviner : c'eſt le ſujet des deux Pié-ces qui ſuivent le Prélude, faites pour accompagner chacune ſéparé-ment, un riche bouquet de fleurs naturelles.

Un *Bouquet ſymbolique*, formé ou enrichi de cinquante-ſix cœurs, devoit être l'hommage caractériſti-que de cette Fête. Pour le rendre plus brillant & plus intéreſſant, la Tendreſſe & la Reconnoiſſance for-ment le projet d'y joindre un cœur d'un plus haut rang, celui d'une illuſtre Amie & d'une généreuſe Bienfaitrice de cette Abbaye. Elles vont le conquérir ou le ravir ce *Cœur chéri*, au fond de la Lorraine, l'apportent à Montmartre au bruit des concerts; & le remettent aux Dames de l'Abbaye, qui le reçoivent & l'accueillent avec tous les tranſports d'une tendre jubilation : c'eſt le ſujet de l'Ariette.

Les Airs de toutes ces Piéces en chant, ſont connus de tout le monde : on les trouvera cependant notés chez la Marchande de Livres, à la porte des Thuileries, du côté du Pont Royal.

Les Perſonnes qui voudroient conſerver ces *Bagatelles fugitives*, & les joindre aux autres Ouvrages de leur Auteur, pourront les faire relier ou les demander reliées, comme un hors-d'œuvre, à la fin du ſecond volume de la *Philoſophie de la Religion*, chez Jombert, Pere, rue Dauphine.

LA CONQUÉTE

DE

PORT-MAHON.

ODE.

QUAND, du sein des terrestres plages,
On voit le puissant Dieu des Airs,
Préluder à d'affreux orages,
Darder de menaçans éclairs;
La Terre effrayée, éperdue,
Lit maint désastre dans la Nue
Qui rembrunit son horison:
Mainte plage, en tremblant, s'aprête
A voir périr sous la tempête,
Et sa vendange & sa moisson.

Ainſi, quand un Héros paiſible,
Craint, adoré des Nations,
S'armant de ſon glaive invincible,
Aſſemble ſes fiers bataillons;
A l'aſpect, au bruit de ſes armes,
Vingt Peuples en proie aux allarmes,
Tremblent chacun pour leurs foyers!
Sur quels lieux va tomber la foudre?
LOUIS, quels murs vont mettre en poudre
Et ta fortune & tes guerriers?

Incertitude des préparatifs.

Non loin des rives de l'Ibère,
S'éleve au ſein des flots amers,
Une Iſle audacieuſe & fiere,
Dominatrice de nos mers.
Là, François, va fondre l'orage!
Allez, ſur l'aîle du courage,
L'arracher au joug d'Albion.
A la valeur tout eſt facile:
Allez, ſous maint nouvel Achile,
Abbatre un nouvel Ilion!

Iſle de Mahon.

Ils partent : la Mort menaçante,
Sous cent formes, s'offre à leurs yeux.
L'Onde agitée & mugiſſante,
En montagnes, s'éleve aux cieux.
Au haut de la Nüe embrâſée,
Leur Flotte, éparſe & diviſée,
Va-t-elle affronter les carreaux ?
Ou, pour mieux aſſurer ſa perte,
Au fond de la Mer entr'ouverte,
Va-t-elle s'ouvrir des tombeaux ?

*Départ
& tempê-
te.*

Non ; la conſtance & le courage
Triomphent des flots mutinés :
Le calme ſuccéde à l'orage ;
Les Aquilons ſont enchaînés.
Vainqueur des Vents & de Neptune,
Richelieu fixe la Fortune :
Mahon s'ouvre de toutes parts.
Il arrive ; l'Iſle eſt conquiſe :
Les Alcides de la Tamiſe,
Ont fui dans leurs derniers remparts.

*Débar-
quement
dans l'Iſ-
le.*

A vj

La Mer, à ce coup de tonnere,
Se couvre au loin de pavillons :
Le Neptune de l'Angleterre,
Accourt avec ses Légions.
De triomphes imaginaires,
Bink repaît ses fiers Insulaires,
Rassurant, menaçant Mahon !.....
Armez-vous, Tritons de la France :
Allez, au sein du Gouffre immense,
Étouffer l'orgueil d'Albion !

Déja les Flottes menaçantes
S'entre-heurtent avec fureur :
Les vagues, de sang rougissantes,
Frémissent, reculent d'horreur.
Un Guerrier sage & magnanime
Guide le François & l'anime ;
La Victoire suit ses drapeaux :
Et Bink, sans nochers, sans antennes,
Traîne sur les liquides plaines,
L'affreux débris de ses vaisseaux.

Qu'entends-je ? Au bruit de la Victoire,
L'Isle voit frémir nos Guerriers :
Leur courage, avide de gloire,
Demande à son tour des lauriers.
Mais quel rempart inaccessible,　　　　Cita-
Londre, à leur audace invincible,　　　delle de
Dérobe tes fiers Champions !　　　　　Mahon.
Ainsi les Enfans de la Terre,
Pour braver des Dieux le tonnerre,
Sur les monts entassoient les monts !

Du haut de la Place enflammée,
Tonnent trois cens bouches d'airain :
D'épais tourbillons de fumée,
Obscurcissent le jour serein.
Aux coups de foudre impénétrables,　　Canons
Sur des roches inabordables,　　　　　& Mines,
Ses murs se perdent dans les airs.　　inutiles.
Plutôt que le mont qui l'enserre,
Le Nitre enflammé, sous la terre,
Iroit ébranler les Enfers.

Quel bras, fi fécond en miracles,
Soumettra donc ce boulevard ?
Comment renverfer tant d'obftacles,
Qu'enchaînent la Nature & l'Art ?
A la bravoure, à la prudence,
L'Anglois oppofe la conftance :
La gloire anime le Devoir.
Ciel, qu'entreprendre, que réfoudre !...
Le choc fait éclater la foudre :
L'Audace naît du Défefpoir.

Eclipfez-vous devant nôtre âge;
Soyez jaloux, fiecles paffés !
Tous vos prodiges de courage,
Vont en ce jour être effacés.
Richelieu s'enflamme & s'irrite :
Affaut de la Citadelle. Volons, a-t-il dit, fiere Elite,
Sur ce mur qu'on foudroye en vain !
Nos feux n'ont pu le mettre en poudre :
Plus prompts, plus actifs que la foudre,
Allons l'écrafer dans fon fein !

Il dît ! Sur les roches rapides,
Déja graviffent nos Guerriers :
Le Danger les rend intrépides ;
L'Obftacle, audacieux, altiers.
Leur ardeur préfage leur gloire :
Sur leurs pas, vole la Victoire :
Devant eux, marche la Terreur.
Leur fougue a franchi mille abymes :
Leur fer trouve enfin des victimes,
Dignes d'affouvir leur fureur.

L'allarme, en tous lieux répandue,
Partage, affoiblit leurs Rivaux :
Par la Terreur déja vaincue,
La Place cede à leurs affauts.
L'Anglois fuit tremblant & livide,
Ainfi que la Brebis timide,
Que pourfuit le Loup carnacier :
Guerwi fous leurs efforts fuccombe,
Ainfi que la foible Colombe,
Sous la ferre de l'Epervier.

Blankneis, suspendant le carnage,
Arrête ses Guerriers sanglans :
Cédons, leur dit-il, à l'orage ;
Fuyons des Lions rugissans !
Les feux des combats les dévorent ;
Pour un Monarque qu'ils adorent,
Avides de verser leur sang :
Rien ne résiste à leur vaillance ;
Et qui les brave ou les offense,
Attire leur fer dans son flanc.

*Conquê-
te ache-
vée.*

Sous un Chef qu'anime Bellone,
Que Minerve éclaire & conduit,
Leur ardeur de rien ne s'étonne ;
Par-tout la Victoire les suit.
Cédons, Anglois : mais que la France
Nous voye ailleurs de la vengeance,
Porter & l'espoir & le vœu !
France, tes Guerriers, tes Alcides,
Auront-ils donc toujours pour guides,
Ou des Saxe ou des Richelieu ?

LE GÉNIE

DE

LA NATURE (*).

ODE.

Suspens pour un moment le zele qui t'enflamme :
Daigne en ce jour, * *, occuper ta grande ame,
Du spectacle d'un Tout toujours grand, toujours
 beau !
Honore d'un regard les Beaux-Arts qui t'honorent!
 Des Feux sacrés qui te dévorent,
Cours ensuite à loisir embrâser ton Troupeau !

Tels jadis de Sion l'on voyoit les Prophetes ,
Des Oracles du Ciel sublimes interpretes,
Contempler la Nature & méditer la Loi.
A ce double flambeau rallumant leur saint zele,
 Ils alloient du Peuple fidele,
Ranimer & le Culte & les Mœurs & la Foi.

(*) Le *Génie de la Nature* invitoit un illustre Prélat,
qui étoit sur le point de commencer sa Visite pastorale,
à assister à un Exercice public sur les plus brillantes
parties de la Physique.

Heureux qui comme toi, guidé par le génie,
Connoît de ce grand Tout la sublime harmonie;
En pénétre la cause, en saisit le lien!
Il éprouve, inondé d'une allégresse pure,
   Que l'étude de la Nature,
Est l'étude du Sage & celle du Chrétien.

Vois ces fiers Elémens, dont l'éternelle guerre
Toujours semble acharnée à détruire la Terre;
A confondre & l'argile & la mer & les airs!
La main de l'Eternel pesa dans sa balance,
   Cet équilibre de puissance,
Qui doit, sans l'altérer, animer l'Univers.

Vois ces Mondes errants, dont la marche frap-
   pante,
Toujours fixe & réglée, & toujours différente,
De son centre ou s'approche ou s'éloigne toujours!
D'un double Mouvement (*) la durable puissance
   Les traîne au sein du Vuide immense,
Détermine leur courbe, éternise leur cours.

Vois ce Globe de feu, centre de la Nature,
Qui darde de son sein cette lumiere pure,
D'où les Objets divers empruntent leur couleur!
Par les puissans ressorts de sa Force attractive,
   Autour de lui-même il captive
Ces Globes ténébreux, dont il fait la splendeur.

(*) Le *mouvement projectile*, par la tangente; & le *mouvement centripete*, par le rayon.

Vois ces Aſtres brillans, dont la Voute azurée
Se montre chaque nuit enrichie & parée :
De leur ſein enflammé s'échappent des éclairs !
Immobiles Soleils, centres de mille Mondes,
    Pour leur Planètes vagabondes,
Ils ſont ce qu'eſt pour nous l'Œil de notre Univers.

D'un Etre Tout-puiſſant, c'eſt l'ineffable Ou-
    vrage !
On y ſent ſa préſence, on y voit ſon image :
Tout ce que l'œil contemple, eſt l'œuvre de ſa Voix !
Il dît ; & du Néant les entrailles fécondes
    Enfanterent ces divers Mondes :
Il en fut le Moteur, il en fixa les Loix.

Tel eſt de l'Univers le ſublime Syſtême !
L'œil qui l'obſerve, y lit de l'Artiſte ſuprême
La gloire, le pouvoir, la durable bonté :
Il y puiſe un reméde au Préjugé ſtupide,
    Et ſur-tout au poiſon perfide,
Dont s'abbreuve à longs traits l'aveugle Impiété.

De ton goût aujourd'hui s'applaudit la Nature !
Grand Prélat, en ce Siecle aux Beaux-Arts il aſſure
Une amour empreſſée, & des ſuccès brillans !
Des Grands on aime à ſuivre & le goût & l'exemple ;
    Sur-tout lorſqu'en eux on contemple
Le charme des Vertus & l'éclat des Talens !

LA VICTOIRE
DE BERGHEN.
ODE.

CROISSEZ, Palmes immortelles ;
Naiſſez, moiſſons de Lauriers !
Mars, de couronnes nouvelles,
Vient ceindre encor nos Guerriers.
Un Héros vole à la gloire,
Digne ſang de ſes Ayeux ;
Et montre encor la Victoire,
Enchaînée au char des Dieux.

Tel que du haut des montagnes
Un torrent précipité
Va ravager les campagnes,
De vingt torrens augmenté :
Tel dans ſa courſe incertaine,
Armant mainte Nation,
Brunſwik (*) au combat entraîne
La Heſſe, Hanovre, Albion.

(*) Le Prince Ferdinand de Brunſwik, Général de
l'Armée ennemie, compoſée d'Anglois, d'Hanovriens,
de Heſſois, & de quelques Pruſſiens.

Ils ont dit : dans fa retraite
Le Lion eft endormi :
Surpris, troublé, fa défaite
Eft achevée à demi.
Sur fa troupe épouvantée
Dardons la flamme & le fer ;
Que la Seine enfin domptée
Succombe fous le Wefer !

Ils le difoient : leur murmure
Du Lion eft entendu :
Par lui de leur vaine enflure
De loin l'efpoir eft prévu.
Sage dans tout ce qu'il ofe,
Bientôt fa dent, fon onglon,
Montreront que s'il repofe ;
C'eft le repos du Lion.

Sur les aîles des orages,
Portant la grèle & l'éclair,
A-t-on vu d'épais Nuages
Se heurter aux champs de l'air ?
Le jour fuit ; leurs flancs s'entr'ouvrent ;
La foudre éclate en carreaux :
Les peuples tremblans découvrent
Autour d'eux mille tombeaux.

Du Weser & de la Seine
Ainsi les fiers Combattans,
Entrechoquent dans l'arene
Leurs épouvantables flancs.
Le fer brille, l'airain gronde;
L'on brave à l'envi la mort :
Ce jour, des Armes, du Monde,
Semble décider le sort.

Tel que du sein d'un nuage
Part le carreau foudroyant ;
Tel au milieu du carnage
Vole Broglie étincelant !
La vaillance & le génie
Devant lui sement l'effroi ;
Et sous lui la Germanie
Dans Berghen voit Fontenoi !

Rohan écrase, terrasse :
Rien ne résiste à ses coups.
Camille, de ton audace,
Le Dieu Mars seroit jaloux !
Ce jour apprend à la Terre
Que vengeur du droit des Gens,
Le redoutable tonnerre
Gronde encor sur les Titans !

Sur la poussiere sanglante
Isembourg est étendu :
Le Hessois, dans l'épouvante,
Fuit incertain, éperdu.
Une colonne superbe,
Soutien d'un Temple ébranlé,
Vient-elle à tomber sur l'herbe ?
Le Temple tombe écroulé.

Le Weser, dans les allarmes,
Sort du sein de ses marais :
Envain, a-t-il dit, nos Armes
Bravent le fer des Français !
N'affrontons plus la tempête :
Tels partout que sur le Mein,
Quand ils ont un Broglie en tête,
Ils ont la Victoire en main !

On peut voir, sur cette bataille, la Gazette de France,
année 1759, pages 204 & 209.

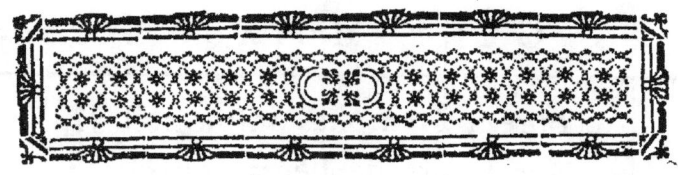

GENETHLIAQUE
DE MONSEIGNEUR
LE DUC DE BERRY (*),
AUJOURD'HUI LOUIS XVI.

CHANT LYRIQUE.

Sur l'Air : *Comme un oiseau.*

Est-ce un songe, est-ce un doux délire,
Qui ravit au céleste Empire
    Mes Sens surpris !
Là, quelle Déesse féconde
Ne cesse d'enrichir le Monde,
    De Dieux chéris !

Déja de son auguste Race,
La France adoroit une Grace,
    Et deux Amours.
Si l'un termina ses années ;
Un autre de ses destinées,
    Reprend le Cours.

(*) Voyez l'Avertissement, page 6. Genethliaque,
Chant ou Discours sur la naissance d'un Grand.

Accourez

Accourez, Nymphes immortelles,
Parez vos fronts de fleurs nouvelles :
Quel jour plus beau !
Sur *BERRY* notre espoir se fonde :
Apportez tous les cœurs du Monde,
A son berceau !

L'Olympe fête sa naissance :
Les ris, les jeux de son enfance,
Charment les Dieux.
Toujours le bonheur de la Terre,
Sçut des Arbitres du tonnerre,
Flatter les yeux.

Déja, dans les bras de Lucine,
Ce Fils d'immortelle origine,
Ravit le cœur.
Heureuse Maman, quelle Epouse
Peut le voir, sans être jalouse
De ton bonheur !

B

Cypris dit, le voyant paroître:
Eſt-ce Adonis qui vient de naître?
  Eſt-ce Apollon?
Non, dit Mars, cet œil intrépide
Annonce un Héros, un Alcide:
  C'eſt un Bourbon!

Minerve à Lucine l'enleve:
Croiſſez, dit-elle, auguſte Eleve,
  Au ſein des Arts!
Le Papa, l'amour de la France,
Suivit ainſi, dès ſon enfance,
  Mes étendards.

Coulez, beaux jours, coulez plus vîte;
Dit Bellone, le cœur palpite
  A mes Guerriers.
Les Haut-faits, l'Honneur, la Vaillance,
Seront les jeux de ſon enfance:
  Croiſſez, Lauriers!

Tel, jeune encor, dans les allarmes,
Le Papa signala ses armes,
    Près de son Roi.
Par Louis instruit à combattre,
On l'eût pris pour un Henri-quatre,
    A Fontenoi.

Quels Dieux entr'ouvrent l'Empirée !
J'en vois descendre avec Astrée,
    Le Siecle d'Or.
Les Vertus suivent l'Abondance :
L'Univers croit à sa Naissance,
    Toucher encor.

Le Destin éclate en Oracles !
Quels jours plus féconds en miracles ?
    Heureux Poupon !
Croissez, dit-il, Sang des Dieux mêmes !
Il est toujours des Diadêmes,
    Pour un Bourbon.

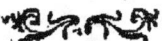

B ij

Pour Lui va, de loin préparée,
Naître une *COMPAGNE* adorée,
Du Sang des Dieux.
Pallas lui remet fa fageffe ;
Hébé, fes charmes, fa jeuneffe ;
Junon, fes yeux.

Et toi qu'on chérit, qu'on révere,
SAXONE, encor long-tems fois mere
D'Enfans nouveaux !
La France de Toi, de ta Race,
Attend encor plus d'une Grace,
Plus d'un Héros.

Telle on voit une Fleur naiffante,
Dont le fertile fein enfante
L'Or & l'Azur :
Les tréfors que l'œil voit éclore,
Sont de ceux qu'il attend encore,
Un gage fûr.

PORTRAIT

DE DEUX NYMPHES

DU MONT D'OR,

Tracé d'après une longue & char-
mante Epître de Madame Nini &
de Mademoiselle Ninon (w), à
Monsieur le Marquis de ***,
Epoux de Madame Nini.

DANS une Epître ingénue,
Qu'on grifonne en badinant;
Où, sans aucune autre vue,
Le cœur trace ce qu'il sent;
Si je n'ai pas la berlue,
On s'est peint fidellement :
Et voici mon jugement.

(*w*) Noms enfantins que se donnent encore quelquefois ces deux jeunes Nymphes, deux Sœurs tendrement
unies, l'une tout récemment mariée, & l'autre feignant
de ne vouloir point l'être. Un voyage de Santé les a
attirées au Mont d'Or, en Auvergne.

La Nini, douce & touchante,
Donne plus au Sentiment;
Se peint en style charmant,
Peu flattée & peu contente
De se voir long-tems absente
D'un Epoux toujours Amant.
La *Ninon*, vive & badine,
Tourne tout en enjoument;
Répand sur tout, l'agrément;
Et promet d'être lutine
Jusqu'au bord du Monument.

La Nini, tendre martyre,
Sent de l'amour, en inspire;
Aime à se voir adorer :
La *Ninon*, au cœur moins tendre,
Sait en donner, sans en prendre;
Rit de qui peut soupirer.

La Nini, plus Tourterelle,
Mêlant les jeux au soupirs,
Sous mainte forme nouvelle,
Où l'amour brille, étincelle,
Cache & montre ses desirs.
La *Ninon*, plus Hirondelle,
Voltigeant sur les zéphirs,
Séme de fleurs ses loisirs;
Court, folâtre, papillonne;

Et fait naître ses plaisirs,
De tout ce qui l'environne.

La Nini, bonne personne,
Charme, intéresse, ravit :
De graces elle assaisonne
Tout ce qu'elle fait & dit.
La *Ninon*, un peu moins bonne,
Répand le sel & l'esprit ;
Pique, égratigne, aiguillonne ;
Donne à tout le coloris
Du Goût, des Jeux, & des Ris.

Si la sombre Jalousie
De la Nini s'emparoit ;
Défaillir on la verroit,
Ainsi qu'une Fleur chérie ;
Récemment épanouie,
Qu'un noir frimas flétriroit.
Si semblable Maladie
A la *Ninon* survenoit ;
Ou par sa philosophie,
Elle la dédaigneroit ;
Ou vîte elle dresseroit
Quelque contre-batterie ;
Dont de dépit creveroit
Celui qui dans sa manie,
La jalouser oseroit.

B iv

Quel tableau plus diſſemblable,
Pour les traits, pour les couleurs!
C'eſt le portrait adorable
De deux adorables Sœurs;
Dont les charmes enchanteurs,
Dans un ſéjour délectable,
A la ſanté favorable,
Vont ſuçant le miel des fleurs.

Nini, Ninon, couple aimable,
Au bas de vos monts chenus,
Vos Charmes & vos Vertus
Ont réaliſé la Fable !
Sur les confins du Mont d'Or,
Où tout à vous s'intéreſſe;
L'œil en vous croit voir encor
D'Hébé les traits, la jeuneſſe;
De Flore le coloris,
Semé de roſes, de lys;
Des neuf Nymphes du Permeſſe;
Les talens, le goût exquis;
De Minerve la ſageſſe;
Et les graces de Cypris.

LE MOINEAU-SOLITAIRE
ET
LE GUÉPIER.
FABLE.
A Madame de J. U. A. B.

Sur l'un de ces Monts sourcilleux,
Dont la cime paroît terminer l'Atmosphere,
    Et se confondre avec les Cieux ;
    Loin des erreurs qu'adore le Vulgaire,
Loin du charme enchanteur de tout ce qui séduit,
    Au fond d'un ténébreux réduit,
    Vivoit jadis un Moineau-Solitaire,
    A douces mœurs, à morale sévere,
    Philosophant & sans faste & sans bruit
    Sur la vanité mensongere,
    Le vain espoir, la trompeuse chimere,
D'un Monde instantané qui brille & qui s'enfuit,
    Comme un éclair, dans l'éternelle nuit.

Là, sur son Pic qu'entoure une Forêt muette,
Du repos, du silence éternelle retraite ;
    Là, comme seul dans l'Univers entier ;
Il goûtoit les douceurs de cette Paix parfaite,
Qu'un cœur qui la connoît, ne peut trop cher
        payer.

Là, de la Gloire évitant le sentier,
Là, de la Renommée abhorrant la trompette,
Il préféroit, tranquile Anachorete,
Le plus simple bonheur au plus brillant laurier.
Là, le cœur à l'abri des combats, des défaites,
Il n'avoit à se défier
Ni des yeux, ni des tours des folâtres Fauvetes.
Là, n'alloient jamais l'effrayer
Les sinistres clameurs des Hiboux, des Chouetes.
Là ne venoient point l'ennuyer,
Ni le moineau Galand, de ses tendres fleurettes ;
Ni le moineau Cagot, de son ton grimacier ;
Ni le moineau Docteur, de ses tristes sornettes ;
Ni le moineau Tartuffe safranier,
Des oraisons qu'il n'a pas faites ;
Ni le moineau Frondeur avanturier,
D'un meilleur tems Zelateur romancier,
De mille rêves creux, n'ayant ni pieds, ni têtes ;
Ni le moineau Courtisan minaudier,
Des Oiseaux de haut rang par choix Esclave altier,
Des ennuis, des rebuts, des craintes inquietes,
Qu'étranger à lui-même il lui faut essuyer.
Là, loin du bec & de la serre
De l'avide Vautour, du vorace Epervier ;
Il voyoit loin de lui leur penchant carnacier,
A tout le Peuple aîlé que l'univers enferre,
Faire abhorrer le funeste métier
De la rapine & de la guerre ;
Et succomber enfin sous le trait meurtrier
Que lance des Humains ou des Dieux le tonnerre.
Il se croyoit, paisible Casanier,

Le plus heureux Oisillon de la terre !
Non loin , pour son malheur , étoit certain Gué-
      pier ,
   Guépier , dit-on , à Guépes très-brillantes ;
   Guépier sur-tout à Guépes très-piquantes :
Car de leurs Attributs c'est ici le premier.
Or donc de ce Guépier la Guépe la plus fine ,
De son printems à peine atteignant la saison ,
Légere , sémillante , & d'humeur très-lutine ,
S'élance , fend les airs , aborde l'Oisillon ;
Lui darde sans pitié , son perçant aiguillon ;
Et fiere , en son réduit s'envole à la sourdine.

   L'extatique Moineau , qu'éveille le lardon ,
Qui dans son flanc blessé sent d'une humeur maligne
Vivement fermenter la flamme & le poison ,
      Dans le transport qui le domine ,
S'agite en Possédé ; crie à la trahison ;
   Grince du bec ; des yeux tonne , fulmine ;
   De se venger , jure son grand juron.

      La Guépe , perfide & traîtresse ,
Qui non loin , de son œuvre observe & voit l'effet ,
Vole à lui , se lamente , à son mal s'intéresse :
   Elle se pame , elle crie au forfait.
Que n'ai-je pas tenté , dit-elle avec adresse ,
   Pour arrêter ou détourner le trait ,
Qui plus que vous hélas , & m'indigne & me blesse !
   Guépe féconde en malice , en souplesse ,
Son air est très-dolent , son cœur très-satisfait.

   Défions-nous d'une feinte tendresse :
Souvent qui plaint le mal , est celui qui l'a fait.
         B vj

ÉPITRE

APOLOGÉTIQUE.

A Madame T. C. D. N.

LE charmant Chevalier votre Frere me communiqua hier au soir, Madame, le foudroyant anathême dont vous avez frappé un de mes Ouvrages philosophiques ; pour avoir incidemment avancé que *le commun des Femmes n'est pas toujours le fidele Organe de la Vérité.* Le Vésuve en feu est moins bouillant & moins terrible que votre courroux ; & je me félicite pour le moment, de me voir séparé de vous par une distance d'un bon nombre de lieues.

Mais, Madame, un Ouvrage est-il absolument & irréversiblement digne de vos foudres, pour contenir une Assertion qui vous est en tout point si étrangere ? Et que vous importe le commun des Femmes, à vous qui n'avez rien de commun qu'avec les grands-hommes ; à vous qui méditez comme Descartes, qui calculez comme Newton, qui analysez les idées & les sen-

timens comme Locke, qui les tracez dans
vos lettres avec les pinceaux des Rabutin &
des Sevigné?

> A-t-on vu l'Aigle, au vol fublime,
> De l'Olympe quitter la cime,
> S'armer de carreaux & de feux;
> Pour venger la vaine querelle
> Du Papillon, de l'Hirondelle,
> Peints fous des traits peu glorieux?
> Non : l'Oifeau citoyen des cieux,
> Dédaignant la Caufe futile
> De la commune Volatile,
> Ne venge que l'honneur des Dieux!

La gloire du beau Sexe, offenfé dans fon
attribut effentiel de Véracité, vous touche
& vous intéreffe; direz-vous. Mais, Madame, cet attribut effentiel, qui vous fied fi
bien, ceffe-t-il d'être infiniment eftimable
dans votre Sexe; parce qu'il n'y eft pas ex-
ceffivement commun? La Rareté, qui en
toute autre chofe femble ajouter au mérite,
lui nuiroit-elle en celle-ci?

> Le Temple de la Vérité,
> Toujours plus ou moins fréquenté,
> Des grands cœurs en tout lieu reçoit les facrifices.
> Mais, au raport des vrais Obfervateurs,
> On y voit peu d'Adorateurs,
> Et beaucoup moins d'Adoratrices.

En toute chofe, Madame, il faut être

raifonnable ; & ne point vifer au chimérique. Le Sexe Dévot ne peut pas réunir à la fois tous les genres poffibles de Dévotion. Pourquoi ne pas le difpenfer en partie de celle-ci, à laquelle ne l'a jamais porté un goût bien général & bien dominant ? Une Dame illuftre, à qui a été communiqué le jugement par vous rendu, ne penfe pas en tout comme vous, fur les vrais Droits de votre Sexe ?

Tout menfonge, dit-elle, eft-il un fi grand crime?
Dans ces tems où fe perd des Faits le fouvenir,
Le Sexe tout puiffant n'a-t-il pu fe munir
De quelque *Privilége* antique & légitime,
Par les Légiflateurs en tous lieux adopté,
Par la poffeffion en tout tems cimenté,
Qui pour le bien public dont le zele l'anime,
Quelquefois l'autorife à gliffer à côté
    De la Franchife & de la Vérité ?
Des tendres Sentimens le menfonge frivole,
Néceffaire au Jaloux, utile au Soupçonneux,
    Que tour à tour il raffure ou confole,
    En les trompant, fait revivre pour eux,
    Des Céladons le fiecle heureux.
Depuis ces jours rians qui terminent l'enfance,
Jufqu'aux jours rembrunis de l'âge aux blancs
    cheveux,
    Le menfonge de l'Efpérance
    Attache, affervit, récompenfe,
    Les Soupirans, les Langoureux,

Dont pour le fafte feul on accepte les vœux.
            Le menfonge de l'Hyperbole,
Microfcope par fois aimable, officieux,
En objet important change une faribole,
      Métamorphofe en tréfor une obole,
      Porte un Pygmée à la hauteur des Cieux ;
            Et par fon charme merveilleux,
            Au cœur fafciné qu'il enjole,
Fait goûter & la gloire & le bonheur des Dieux.
            Le menfonge de la Parure,
De l'or & des rubis la riche enluminure,
            Souvent dédomagent les yeux,
            Du fpectacle de la figure.
Le menfonge du Blanc, du Noir, du Vermillon,
Sait réparer des ans l'irréparable injure ;
      Et transformer la Matrone en Tendron.
Pourquoi donc fulminer contre toute imposture ?
S'il en eft que l'on doit & profcrire & fletrir,
      N'en eft-il point que l'on puiffe fouffrir,
Pour le bien général de l'humaine Nature ?

Vous voyez donc, Madame, que ce n'eft
point un fi grand crime, de ne pas fuppofer
une exceffive dofe de Franchife & de Vérité
dans le commun des Femmes, qui ne vous
eft rien ; & chez qui l'artifice eft un meuble
prefque toujours utile, trop fouvent comme
néceffaire.

  J'ai l'honneur d'être avec un profond
refpect, &c. 24 Mars 1768.

FÊTE
DE L'ABBAYE ROYALE DE MONTMARTRE:

Ou diverses Piéces de Poésie en chant, pour la Fête de Madame MARIE= LOUISE DE MONTMORENCI DE LAVAL, Abbesse de Mont- martre, chantées le jour de Saint- Louis, par les Dames de la même Abbaye.

PRÉLUDE,
EN DUO.

Sur l'Air : *Chantez, petits oiseaux.*

TRESSAILLEZ, tendres Cœurs! Qu'une vive al-
légresse
Signale le retour d'un Jour par vous chéri ;
D'un Jour où peut & doit toute votre tendresse
Eclater pour Montmorenci !

Montmorenci, ton cœur, ta bienfaisance,
Ont douze mois par an, droit à tout notre amour :
Souffre du moins que la Reconnoissance
Trouve pour éclater, en douze mois un jour !

REMARQUE. Les paroles de ce Prélude quadrent en tout avec celles de l'air indiqué : mais dans le quatriéme vers, à la place de ces mots, *à vos chants j'unirai, à vos chants j'unirai, à vos chants j'unirai ma voix* ; il faudra lire & chanter ainsi : *Eclater éclater, éclater éclater, éclater pour Montmorenci.*

PREMIER BOUQUET,

*Présenté par les Dames de cette
Abbaye, le jour de Saint Louis.*

CHANT LYRIQUE.

Sur l'Air : *Dans un bois solitaire & sombre.*

FILLES des larmes de l'Aurore,
Astres rians de nos Jardins,
Fleurs, quittez le séjour de Flore;
Volez à de plus beaux destins!

D'une Fête aimable & brillante,
Fleurs, venez faire l'ornement;
Fête en tout point intéressante,
Fête de Goût, de Sentiment.

Pour Montmorenci moissonnées,
Devenez l'élite des fleurs;
Vous applaudissant d'être nées
Pour la reine de tous nos cœurs.

De son nom, Montmartre s'honore :
Elle y fait nos heureux destins.
Fleurs, pouviez-vous, du sein de Flore,
Passer en de plus dignes mains ? (*).

(*) Ici est présenté le bouquet.

Si vous chérissez la Naissance ;
Quelle auguste foule d'Ayeux,
Dans les annales de la France,
Illustre son Nom glorieux !

Des Dons brillans si la richesse
Vous flatte plus sensiblement ;
Fleurs, chez elle tout intéresse
Et l'Esprit & le Sentiment.

Si des Vertus la foule auguste
A sur vous des droits plus puissans ;
Fleurs, par l'hommage le plus juste,
Prodiguez-lui tout votre encens.

Grandeur sans faste & sans caprice,
Prudence sans obliquité,
Religion sans artifice,
C'est Louise en réalité.

Pour autrui toujours bienfaisante,
Sévere uniquement pour soi,
La Vertu dans elle est touchante:
Elle en fait adorer la Loi.

Du paisible & charmant Empire,
Dont son regne fait les douceurs,
Fleurs, (un tendre retour l'inspire)
En bloc portez-lui tous les cœurs!

Le cœur d'une Abbesse brillante,
Qui joint aux Vertus l'Enjoument;
Dont la visite intéressante
N'est pour nos cœurs qu'un beau moment.

Le cœur des Meres vénérables,
Cœur en sagesse consommé;
Et pour elle de feux durables,
De jour en jour plus enflammé.

Le cœur tendre, solide, & sage;
Des Sœurs d'un âge un peu moins mûr;
Cœur dont l'Amour est un suffrage
Non moins éclairé, non moins sûr.

Le cœur des charmantes Novices,
Cœur vif, léger, & papillon;
Qu'en elle fixent les prémices
De l'Inftinct & de la Raison.

Le cœur de ces Marthes actives,
Qui pleines de zèle & d'ardeur,
Douces, honnêtes, attentives,
De lui plaire font leur bonheur.

Le cœur d'une illuftre Afpirante (*);
Cœur noble, fenfible, éclairé;
Que vers nous entraîne fa pente,
Qui dans tous nos cœurs eft cloîtré.

Tous les Cœurs enfin pêle-mêle,
Dont elle eft le centre commun:
Qui ne fe trouvent bien qu'en elle,
Et qui dans elle ne font qu'un.

Puiffiez-vous dans trente ans renaître,
Et nous ramener ce beau jour!
Fleurs, en nous vous verrez paroître,
Pour Louife le même amour!

(*) On ne décide pas ici, fi le titre d'*Afpirante* eft un
badinage ou une réalité.

SECOND BOUQUET,

Présenté par les Dames de la même Abbaye, le jour de Saint Louis.

CANTATILLE.

Sur l'Air : *Et quoi tout sommeille ;* avec quelques changemens dans cet Air. (*).

Vite, qu'on s'apprête !
Qu'une aimable Fête,
De ce beau Jour
Signale le retour !
Que dans son enceinte,
La Montagne Sainte,
En chants, en fleurs,
Epanche tous les cœurs ;
En Jeux, en Ris,
Soit Versaille & Paris ! (a).

Premier Duo.

(a) Où l'on fête le Roi.

Charmante Flore,
Notre cœur t'implore :

Solo alternatif.

(*) Ces petits changemens consistent, 1°. Dans le *premier Duo,* à répéter tout simplement pour le neuvième & le dixième vers, la note du septième & du hui-

Pour celle qu'il adore,
Répands tes trésors !
Dieu du Génie,
De ton harmonie,
A nos doux transports
Prête les accords !
Louise à notre cœur
Offre une Mere,
Qu'on aime & révere :
Qui pleine d'ardeur,
Met en tout son bonheur
A faire de ces lieux,
Un séjour saint, heureux;
Une image des Cieux.

Premier
Duo.

A la Bienfaisance,
La haute Naissance
En elle unit
Un éclat qu'on chérit.

---

tiéme : 2°. Dans le *Solo alternatif*, à passer du second air au troisiéme, sans y intercaler le premier Duo : 3°. A joindre ou à diviser, dans le *Solo* & dans le *second Duo*, quelques notes qui seront ci-après marquées & notées. Dans le premier & dans le second Duo de toutes les parties de cette Cantatille, les six derniers vers ont été répétés en grand Chœur, avec un accompagnement de quelques instrumens.

Le *Solo* a été alternativement chanté par deux Voix, quoique absolument il n'en exige qu'une. La premiere chantoit les quatre premiers vers; la seconde, les quatre suivans; la premiere, les trois qui viennent après; la seconde, les cinq derniers. La même alternation a lieu dans l'autre Solo sur le même Air.

Touchante Tendreſſe,
Riante Allegreſſe,
Enſemble ici
Fêtez Montmorenci ;
En chants, en fleurs,
Epanchez tous les Cœurs (a) !

(a) Ici eſt préſen- té le bou- quet.

Aux aimables Vertus, aux ſublimes Talens,
Eſt dû l'hommage
De tous les tems.

Second Duo.

Tel fut l'art qui changea les Héros bienfaiſans,
Au premier âge,
En Rois puiſſans.
A ces titres brillans,
Qui font ſon appanage,
Louiſe eût dû le rang
Qu'en ces lieux lui devoit ſon Sang.
Talens, Vertus, Grandeur, Louiſe eſt tour-à-tour,
Et votre Temple,
Et votre Cour (*) !
Puiſſe ſon regne aimable être de ce Séjour,
Long-tems l'exemple,
Long-tems l'amour !

Montagne Sainte,
Qui dans ton enceinte,

Solo al- ternatif.

(*) Le Temple ſanctifie, la Cour décore.

Du sang des Martyrs teinte,
Vis naître la Foi :
De ce bel âge,
Dont touche l'image,
Par Louise en toi
Vit l'Esprit, la Loi !
D'un Exemple adoré
Tel est l'empire :
Il touche, il attire !
Un charme sacré,
Un pouvoir révéré,
Meut, entraîne les cœurs,
Dissipe les langueurs,
Rend les efforts flatteurs !

**Premier
Duo.**

Séjour délectable
Où son zele aimable
A notre cœur
Fait gouter le bonheur :
Qu'en ce Jour propice,
Dans toi retentisse
Ce tendre cri,
Vive Montmorenci !
Ce tendre cri,
Vive Montmorenci !

Telle Esther ou Judith, des Vierges de Sion
Voyoit

Voyoit l'Elite,
Chanter son nom;
Intéresser le Ciel à des jours précieux,
Dont le mérite
Fit mille heureux !
D'Esther & de Judith
Louise en vous habite
Le goût, le cœur, l'esprit,
A qui votre Peuple applaudit.
Talens, Vertus, Grandeur, Louise est tour-à-tour,
Et votre Temple,
Et votre Cour !
Puisse son regne aimable être de ce Séjour,
Long-tems l'exemple,
Long-tems l'amour !

Second
Duo.

C

CHANGEMENS

DANS L'AIR DE LA CANTATILLE.

Vers
23, 55.

pour celle qu'il a-do-re, ...

Vers
19, 61.

tes accords! Louife à notre cœur, . . .

Vers
25, 67.

un féjour faint heureux ; un ima - ge des

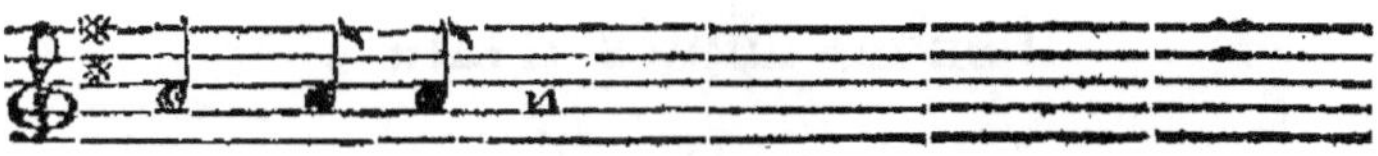

Cieux ! *Dacapo.*

Vers
39, 49,
81.

de tous les tems. Tel . . . .

Vers
45, 52,
84.

En Rois puiffans. A ces . . .

BOUQUET

De Madame de B. P. A. A. C. T.
CHANT LYRIQUE.

Sur l'Air : *Tout me dit que Lindor est charmant.*

Tendres Fleurs, objets chéris des Dieux,
Naissez pour Louise en ces Lieux !
J'envie auprès d'elle
Vos destins heureux.
Vous verrez dans elle en tous les tems,
Des cœurs nobles & bienfaisans
Le plus beau modele,
Le digne objet de tout votre encens !

Vertu, dans sa belle Ame,
Vois briller de ta flamme,
Les Talens applaudis,
Les Talens chéris !

C ij

Vois dans son Cœur tendre,
Séjour de la paix,
Source de bienfaits ;
Empreints tous tes traits !
Vois-le ce beau cœur,
Digne du Bonheur,
Ne chercher qu'à le répandre !

Tendres Fleurs, soyez mes truchemens !
A Louise en ces lieux charmans,
Portez le langage
De mes Sentimens !
Dites-lui que d'un charme enchanteur,
Auprès d'elle naît le bonheur ;
Et que son image,
En traits de feu, vivra dans mon cœur.

LE CŒUR CONQUIS,
OU
LE BOUQUET SYMBOLIQUE,

Préfenté par les Dames de la même Abbaye, le jour de Saint Louis.

ARIETTE. (*).

Sur l'Air : *Annete, à l'âge de quinze ans.*

Nous le tenons, ô fort heureux,
Ce Cœur, objet de tous nos vœux ;
Ce Cœur plus beau que le beau jour,
   Tréfor infigne,
   Tréfor fi digne
   De notre amour !

  Nos cœurs ont fçu le conquérir :
Rien ne pourra le leur ravir !
Ils fauroient, pour le retenir,
   S'armer, combattre ;
   Mieux qu'Henri quatre,
   Vaincre ou mourir.

(*) Voyez l'Avertiffement, page 7.

Par mille Héros ennobli,
Par mille Vertus embelli,
De mille Charmes enrichi,
 Qui peut le prendre,
 Ne peut le rendre
 Ce Cœur chéri.

Bienfaisant, affable, éclairé,
Dans Montmartre plus qu'adoré,
Avec le tien, illustre Sœur,
 Ce Cœur partage
 Le tendre hommage
 De chaque cœur.

Louise, ce Cœur t'est acquis :
Pour t'être offert, il fut conquis.
A nos cœurs dans lui réunis,
 Ce Cœur illustre
 Donne du lustre,
 Donne du prix.

F I N.

FAUTES, A CORRIGER.

Pages	Lignes	Fautes.	Lisez.
24	22	ne font établis fur des bruits	ne font établis que fur des bruits
39	22	s'irrite du vuide	s'irrite à l'afpect du vuide
81	1	où ils mènent	où il meneroit
132	16	les religions (117),	les religions (132);
156	19	& le gouverne.	& la gouverne.
159	20	quelques Philophes :	quelques Philofophes :
279	3	foit par ces voies	foit par les voies
305	23	qui cadrent avec	qui quadrent avec
311	25	*Agriographes*	*Agiographes*
313	25	tous les antiques	tous ces antiques
372	3	ou difperfée.	ou difperfe.
377	9	ou difperfee.	ou difperfe.
409	12	fous des eaux :	fous les eaux :
431	9	Un tel cercle, monument, dont	Un tel cercle, un tel monument, dont

Tome I.

www.ingramcontent.com/pod-product-compliance
Lightning Source LLC
Chambersburg PA
CBHW060820180626
46818CB00002B/890